कहीं मैं निर्वस्त्र तो नहीं!

ॐ त्र्यंबकं यजामहे सुगन्धिं पुष्टिवर्धनम्।
उर्वारुकमिव बन्धनान् मृत्योर्मुक्षीय माऽमृतात्।

कहीं मैं
निर्वस्त्र तो नहीं!

कविता संग्रह

यतीन्द्र मंजू पाण्डेय

अंजुमन प्रकाशन
इलाहाबाद

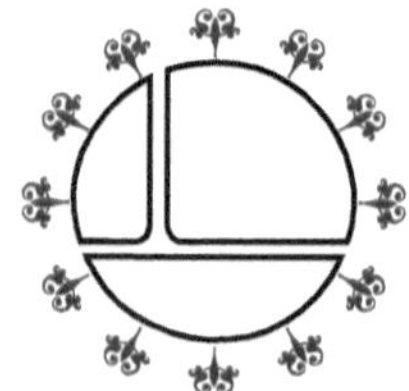

कहीं मैं निर्वस्त्र तो नहीं (कविता संग्रह)
© यतीन्द्र मंजू पाण्डेय

मूल्य भारत में   ₹ 150
मूल्य विदेश में $ 8

प्रकाशक   : **अंजुमन प्रकाशन**
                  942, आर्य कन्या चौराहा
                  मुट्ठीगंज, इलाहाबाद - 211003
                  उत्तर प्रदेश, भारत
                  website - www.anjumanpublication.com
                  E-mail - anjumanprakashan@gmail.com

आवरण   : श्री कम्प्यूटर्स, इलाहाबाद
टाइपसेटिंग   : श्री कम्प्यूटर्स, इलाहाबाद
मुद्रक   : रेप्रो नॉलेजकास्ट लि., ठाणे
संस्करण   : प्रथम, सितम्बर 2018, पेपरबैक
ISBN   : 978-93-86027-97-9

ॐ नमः शिवाय

यह किताब समर्पित है ...

मैं शिव के मोक्षदायी शहर काशी का निवासी 'बनारसी' अपने शिव को
अपनी जननी 'माँ' को
भावुक और प्रेरणादायक मेरे 'पिता' को
मेरी प्यारी 'बहन' और 'जीजा जी' को
मेरे राम जैसे 'भाई' को
मेरे पूरे परिवार वालों को
मेरे कुछ प्यारे दोस्तों जैसे प्रीति, पंकज, शशि और सोनल को
जो हमेशा मेरे पहले पाठक बने और मुझे लिखने के लिए प्रेरित किया
और मेरे 'शब्द' मेरा क़लम' और मेरी 'कल्पनाओं' को
और एक एंजल को।

छोटू, जिन्दगी में हमेशा किताबों की इज़्ज़त करना
क्योंकि सब साथ छोड़ देंगे, पर ये किताबें हमेशा तुम्हारे साथ रहेंगी।
अपनी ख़ुद की लाइब्रेरी बनाओ।
- *पिता, श्री अमर नाथ पाण्डेय*

सिर्फ ख़ुद के ही नहीं,
हर किसी के अहसास को जो समझ ले
वही लेखक है।
- *माँ, मंजू पाण्डेय*

लेखकीय

ग़मे इश्क़ की इन्तहा ही कुछ ऐसी है
न सजदे में सर झुकता है
न तकल्लुफ़ से
सजा के भले रख लो यादों को म्यूजियम में
न दिखाने का दिल करता है
न छुपाने का।

कविता एक दर्शन है; किसी के सोच का, किसी के जज़्बात का, किसी के सुनहरे सपनों का, या किसी के कटु अनुभव का। हम अलग-अलग लोग, अपने जज़्बात को कुछ शब्दों के माध्यम से एक धागे में पिरोकर अपनी बात कह देते हैं और वो बन जाती है 'कविता'

एक कविता लिखना आसान हो सकता है, पर उसे पढ़कर समझना नहीं; क्योंकि लेखक के उस भाव तक पहुँचना... उसके अनुभवों को समझना आसान नहीं। हर कविता, एक परिस्थिति और एक विशेष अनुभव के साथ लिखी जाती है, इसलिए आज लेखक से ज्यादा एक पाठक का काम कठिन है।

अगर एक कविता को मैं एक पुल कहूँ, तो ग़लत नहीं होगा, क्योंकि ये लेखक के भाव को पाठक तक न केवल पहुँचाती है, अपितु उन्हें एक अहसास से जोड़ती भी है। एक कविता में पाठक और लेखक के व्यवहार का समन्वय आवश्यक है।

चूँकि मेरी ये पुस्तक एक कविता-संग्रह है, इसलिए मैं इस विधा की बात कर रहा हूँ; परन्तु लेखनी की कोई भी विधा, पाठक और लेखक के समन्वय से ही कामयाब होती है।

कविता अनेक सात्विक विचारों की देन है।

– यतीन्द्र मंजू पाण्डेय

Pandey.yatindra@gmail.com
http://yatindrapandey9310.blogspot.com

अनुक्रम

एक फ़ानूश का प्रतिबिम्ब बन गया हूँ

एक फानूश का प्रतिबिम्ब बन गया हूँ
देख तेरे प्यार में
मैं क्या से क्या बन गया हूँ।

क्या किसी की नुमाइंदगी करूँ?
या बंदगी किसी की....
क्या किसी की चाहत बनूँ?
या नफ़रत किसी की....
एक गुलदस्ते का कृत्रिम गुले आतिश बन गया हूँ
देख तेरे प्यार में
मैं क्या से क्या बन गया हूँ।

क्या किसी से महरूम हो जाऊँ?
या किसी के लिए आँखें बिछाऊँ....
क्या किसी का ख़्वाब सजाऊँ?
या किसी और के जीवन का पतझड़ बन जाऊँ....
एक पुरानी किताब पर पड़ा धूल का धब्बा बन गया हूँ
देख तेरे प्यार में
मैं क्या से क्या बन गया हूँ।

क्या यूँ ही मलिन पड़ा रह जाऊँ?
या किसी के अश्क को अपनी आबरू में सजाऊँ...
क्या अपने अज़्म को फिर से जोड़ूँ?
या फ़िराक़ की चादर ओढ़कर सो जाऊँ....
टूटी इमारत में बना अजायबघर बन गया हूँ
देख तेरे प्यार में
मैं क्या से क्या बन गया हूँ।

एक फ़ानूश का प्रतिबिम्ब बन गया हूँ
देख तेरे प्यार में
मैं क्या से क्या बन गया हूँ।

तेरह जनवरी 2018 केरल में पहाड़ों के बीच, दोपहर 1 बजे

उदासी नाराज़ न हो मुझसे

ज़िन्दगी ने भी बड़ा बनाया है
तमाशा मेरा
पर उससे नाराज़ भी हों तो कैसे?
इन टेढ़े-मेढ़े रास्तों पर चलकर
थक भी जाते हैं
पर पसीनों से आँखें मिलायें भी तो कैसे?
बस इसीलिए थोड़ा उदास रह लेते है
जिससे उदासी नाराज़ न हो मुझसे।

शून्य से शुरू किया है
शून्य पर ख़त्म होऊँगा 'मैं'
गिनतियों को उसकी चाल समझाऊँ कैसे?
कुछ घूँट सपनों के तो हमने भी पिये थे
अँधेरी सुराही में उसे छुपाऊँ तो कैसे?
बस इसीलिए थोड़ा उदास रह लेते हैं
जिससे उदासी नाराज़ न हो मुझसे।

कुछ वक़्त की माँग थी ऐसी
कुछ रस्मों-रिवाजों की
पर रूह में पड़ी उस दरार को भर पाऊँ भी तो कैसे?
बहुत ऊपर जाने का जज़्बा लेकर
तो हम भी चले थे
पर अपने कुतरे हुए पंखों को समेटकर
सजाऊँ भी तो कैसे?
बस इसीलिए थोड़ा उदास रह लेते हैं
जिससे उदासी नाराज़ न हो मुझसे।

पच्चीस जून 2014, रात्रि 2.30 बजे

पता ही नहीं चला

पता ही नहीं चला
कब हम घर से कमरों में सिमट गए
पता ही नहीं चला
कब अपनों से दूर और पेशे के क़रीब हो गए
पता ही नहीं चला

कब मम्मी-पापा फ़ोन पर आ गए
और ऑफ़िस वाले नज़दीक हो गए
पता ही नहीं चला
कब मेरी सच्ची हँसी
अब कस्टमर को ख़ुश करने वाली बन गयी
पता ही नहीं चला

कब कॉलोनी की वो शान्ति
मेट्रो की आपाधापी बन गयी
पता ही नहीं चला
कब सरसों के तेल की जगह बाम ने ले ली
पता ही नहीं चला

कब तीन रुपये के दो समोसे
और पाँच के दस गुलगप्पे
पर सौ ख़र्च होने लगे
पता ही नहीं चला

कब बनारस की रबड़ी जलेबी
वो लौंगलते के नाश्ते
इडली और ब्रेड में बदल गए
पता ही नहीं चला

इस कामयाबी की जद्दोजहद में
कब हम ख़ुशियों से दूर हुए
पता ही नहीं चला
मिट्टी की सौंधी ख़ुशबू भूलकर
प्रदूषण की गोद में आ गए
पता ही नहीं चला

कब मुझे चाहने वाले
मुझे घमंडी समझने लगे
पता ही नहीं चला
कब कई लोगों के दिलों से
हम बेपरदा हुए,
पता ही नहीं चला।

कब पवित्र पावनी गंगा को छोड़कर
हम नालों के शहर में बस गए
पता ही नहीं चला
कभी शहर की तरफ़ भागने वाले
अब घर याद कर लेखक बन गए
पता ही नहीं चला

और कब ये लिखते हुए
आँखों से अश्क बह गये
सच में, पता ही नहीं चला
सच में, पता ही नहीं चला।

याद करता हूँ बचपन ख़ुद का
करता हूँ ख़ुद को तरोताज़ा 'मैं '....
याद करता हूँ बचपन ख़ुद का
करता हूँ ख़ुद को तरोताज़ा 'मैं '....
क्यूँकि इस बड़े शहर की नुमाइंदगी में,

कहीं खो रहा हूँ मैं।
कहीं खो रहा हूँ 'मैं'।

तीन जुलाई 2017, रात्रि एक बजे

अगर्भित

गले में फँसी हड्डी सा ये सच है
बौखलाए इंसान की वो प्रजाति
नेता नहीं, अधजन्मा
विकृत
व्यक्तित्व है
माँ के आँचल को छलनी किया
अलगाव
भेदभाव
विभाजन
का ही पाठ किया
वो कुरूप है
अधर्मी है
मृत्यु को भी ख़ौफ़ है उससे
वो हमारे ही चारित्रिक परिणाम का नतीजा है
वो भयानक है
वहशी है
वो नेता नहीं
नाकाम...
अगर्भित व्यक्तित्व है।

बारह जनवरी 2018 सुबह 8.15 बजे
चेन्नई से केरल की यात्रा के दौरान

अनंत की परिभाषा

रेत पर बैठकर
तपिश की चाहत कैसी ?
मक़सद न हो
तो ज़िन्दगी की तलाश कैसी ?
जूनून नहीं
तो सपनों की नुमाइश कैसी ?
ज्वलंत बातें न हों
तो ख़ुद की पहचान कैसी ?
रात की आग़ोश में
नींद की प्यास कैसी ?
चलते-चलते राहों में
आँखों की आँखों से मुलाक़ात कैसी ?
चुभन में
सही बातों से तकरार कैसी ?
मीठी बातों को सुनकर
नफ़रत की बू कैसी ?
हर सफ़र में
अँधेरे की सच्चाई कैसी ?
जब प्रेम हो जाए ईश्वर से
तो अनंत की परिभाषा कैसी ?
अनंत की परिभाषा कैसी ?

1 फरवरी 2001 को रात्रि 11.10 पर

पता है, अक्सर तुम याद आ जाते हो

पता है,
अक्सर तुम याद आ जाते हो।
सौंधी-सौंधी ख़ुशबुओं में,
बादलों के गुच्छों में,
हर फूल की नरमी में,
पहली बारिश की बूँदों में,
सरसराती हवाओं में,
स्वतंत्र उड़ते पंछियों को देखकर
पता है,
अक्सर तुम याद आ जाते हो।

टिमटिमाते तारों में,
नवरंग नज़ारों में,
खिलखिलाती नदियों में,
पर्वत की ऊँची चोटियों में,
रात की निखरी चाँदनी में,
रंग बिरेंगे फ़व्वारों को देखकर
पता है,
अक्सर तुम याद आ जाते हो।

किसी सोच के गलियारे में,
उर्दू के कठिन अल्फ़ाज़ों में,
अल्लाह की अज़ान में,
ईश्वर की प्रार्थना में,
राग मल्हार में,
चिड़ियों की प्रेम प्रस्तुति देखकर
पता है,
अक्सर तुम याद आ जाते हो।

पुरानी किताबों की सिलवटों में,
और उसमें मुरझाए मोर की पंखुड़ियों में,
वो डायरी में लिखी तुम्हारी छोटी छोटी ग़ज़लों में,
तुम्हारी टेढ़ी-मेढ़ी चित्रकारियों में,
तुम्हारे हाथों से लगाये पौधों में,
मेरी पर्स में रखी तुम्हारी स्टैम्प साइज़ फ़ोटो को देखकर
पता है,
अक्सर तुम याद आ जाते हो।

अंत में एक प्रश्न छोड़े जा रहा हूँ तुम्हारे लिये...

इतना फ़ायक़ नहीं था मैं,
इतना फ़ाज़िल भी नहीं,
मैं तो पाकीज़ा था अपने विचारों से,
फिर नासाफ़ क्यूँ हुआ तुम्हारे लिए?
नासाफ़ क्यूँ?

09 दिसम्बर 2017 दोपहर 3 बजे
चेन्नई से हैदराबाद की यात्रा के दौरान

मेरी दोस्ती मेरा प्यार

मैंने ज़िंदगी के हर पल में एक रिश्ता जिया था।
कुछ रेडीमेड थे,
तो कुछ मैंने अपने हाथों से सिया था,
कुछ रिश्ते क़ुदरती थे,
पर कुछ मैंने सँजोये थे,
हाँ...
वो रिश्ता दोस्ती का था,
दोस्ती का
मुझे नहीं पता था,
तुम कौन थे...
कभी सच्चे साथी बने,
कभी मेरे मार्गदर्शक,
एक तुम ही थे,
जो मेरे रग-रग से वाक़िफ़ थे,
मेरी नस-नस पहचानते थे,
तुम हर क़दम मेरे साथ थे,
अलग-अलग रूप लिए,
अलग-अलग जगहों पर,

बचपन की हर मस्ती,
हमने साथ में की....
हर खेल साथ खेला,
साथ ही स्कूल गए,
साथ ही स्लेट पकड़ा,
साथ ही किताबों को पढ़ा,
साथ ही लोगों को,
और बहुत सी बातों को समझा,
कहीं न कहीं मुझे बचपन से

बड़ा करने में,
तुम्हारा ही तो सहयोग था
जवानी की दहलीज़ साथ देखी,
ज़िंदगी के हर छोटे-बड़े उतार चढ़ाव
साथ देखे
कितनी ऐसी परेशनियाँ,
जो हम अपने माता पिता से न कह पाए
तुमसे बेहिचक कह दिया करते थे
एक तुम ही थे जो बिना शर्त,
मुझे समझ जाते थे
तुम्हारा मज़ाक़ मेरी प्रेरणा थी,
तुम्हारा धिक्कार मेरा प्रोत्साहन,
तुमने कभी न मेरी जात पूछी,
न धर्म,

न ही मेरे गोत्र का संज्ञान लिया,
तुम थे ही
एकता के पुजारी,
जिसने कभी मेरी ख़ूबसूरती नहीं देखी,
मेरा वर्ग, मेरी हैसियत नहीं देखी,
मेरे ग़लत क़दम में,
मुझे रोका....
सही क़दम पर सबसे लड़ गए
ज़िंदगी की संवैधानिकता तुमसे सीखी,
इन्सान की परख तुमसे सीखी,
मुस्कुराना, हँसना
अच्छा इंसान बनना तुमसे सीखा,
प्यार करना तुमसे सीखा,
साथ निभाना तुमसे सीखा,
परिवार अगर पहली पाठशाला थी,
तो तुम दूसरी और तीसरी बन गए

हाँ....
ज़िंदगी की जद्दोजहद में,
कुछ तुम हमें छोड़ गए,
कुछ हम तुम्हें,
कुछ संवाद कम हो गए,
कुछ प्रतिद्वंद्वी बन गए,
कुछ जगह बदल जाने से छूट गये,
कुछ वैचारिक मतभेदों में रह गए,
कुछ अहम में...
ज़िंदगी की रफ़्तार में,
पीछे छूट गये।
पर दोस्ती
जैसे-जैसे तुम घटते गए,
वैसे वैसे तुम बढ़ते भी गए
ऐ दोस्ती...
जो जीवन ख़ुशनुमा है तुमसे,
उसे अकेला न कर जाना,
किसी का दिल गर मुझसे दुखा है,
तो उसे मेरी ख़ुशी का हिस्सा बना जाना।
दोस्ती तू गुलज़ार करती है,
इस जहां को इस क़दर,
कि रिश्तों का कोई प्यासा,
नहीं रह जाता
कितना भी बरस ले,
गरज ले ये बादल,
दोस्ती से ऊँचा नहीं हो पाता।

22 फरवरी 2017 को रात्रि 12.28 पर

अध्याय

एक छुअन से मेरा रिश्ता था,
वो पल,
 कुछ ख़ास था,
बेचैन था,
कहीं न कहीं अविश्वनीय था,
अकल्पनीय था,
जिन रास्तों ने मुझे रोका था,
वो करवट असहनीय थी,
कष्टकारी था,
जिस तराज़ू पे मेरे अरमान तौल दिए गए थे,
जिस बाज़ार में मेरे मोल भी न थे,
कहीं न कहीं वो मेरी संवेदनाओं से जुड़े थे,
एक आशा की बुनियाद,
अधूरे वक़्त का धब्बा,
रात का रूखापन
अब आत्मा का
एक अध्याय बन गया था,
एक अध्याय बन गया था।

22 अक्टूबर 1999 दोपहर 2.17 बजे

ये मैं हूँ

ये मैं हूँ,
तुम नहीं,
मुझे निर्देश मत दो,
मुझे स्वयं ही बहने दो,
बाधक न बनो मेरी राहों में,
मुझे स्वतंत्र रहने दो,
मेरा अवतरण हुआ है,
जिस रूप में,
अपरिवर्तित ही रहने दो,
कहीं करवट न बदल जाये,
तुम्हारी सोच के पंख,
मेरी ये स्वतंत्रता,
विखंडित न कर दें,
तुम्हारे आत्मकेंद्रण को,
ये मैं हूँ...
मुझे 'मैं' ही रहने दो....
मुझे 'मैं' ही रहने दो।

12 दिसम्बर 2017 शाम 6 बजे
वाराणसी से दिल्ली की यात्रा के दौरान

चीत्कार

दूर से आती वो चीत्कार की आवाज़,
मेरे हृदय को चीर जाती है,
मैं ख़ुद को गुनहगार न कहूँ,
तो क्या कहूँ?
वो मार्मिकता मेरे मन को,
घायल कर जाती है,
कंठ से लहू बहाती है,
आँखों की रोशनी ले जाती है,
वो चीत्कार की आवाज़
मुझे जीवित मुर्दा बनाती है,
मैं ख़ुद को गुनहगार न कहूँ,
तो क्या कहूँ?
रो लिया हूँ,
रुई से अपने कानों को
ढक भी चुका हूँ,
पर हृदय के कान बंद नहीं होते,
दूसरों के दुःख मुझसे सहे नहीं जाते,
वो चीत्कार की आवाज़,
मेरी वास्तविकता की चादर
मुझसे खींच लेती है,
मुझे नग्न कर देती है,
सत्य का चेहरा दिखाती है,
मैं ख़ुद को गुनहगार न कहूँ,
तो क्या कहूँ?
कोई बताये मुझे
क्या कहूँ?

23 अप्रैल 2011 को दोपहर एक बजे

गोद में था

आज फुर्सत थी,
आराम था,
प्यार था,
सब संतुलित था,
मै अकेला नहीं था,
प्रसन्न था,
लग रहा था कोई जंग जीती हो,
प्रेम की वर्षा मेरे ऊपर हो रही हो
एक आग़ोश के मध्य
ख़ुद को समेटे था,
कोख थी,
आँचल था,
मेरे मुँह से बहते लार को,
पोंछने वाला था,
मेरी मुस्कुराहट पर,
मुस्कुराने वाला था,

मेरे बढ़ते क़दम को,
सहारा देने वाला था,
पसंद- नापसंद की चाहत को,
जानने वाला था,
मेरी आत्मा में वास
करने वाला था,
वक़्त के साथ मेरी प्रथम,
पाठशाला बनाने वाला था,
अच्छे- बुरे की समझ,
देने वाला था,
मेरी उमंगों को रास्ता,

दिखाने वाला था,
मेरे रास्तों से काँटे,
हटाने वाला था,
ज़िन्दगी के मर्म से मेरी,
बुनियाद बनाने वाला था,
मेरी शरारतों को झेलने वाला था,

क़लम और शब्दों से प्यार,
सिखाने वाला था,
स्वस्थ मन और विचारों को,
भरने वाला था,
हज़ारों ग़लतियों को माफ़ करने वाला था,
मै अकेला नहीं था,
फुर्सत में था,
सब संतुलित था,
क्योंकि,
मैं माँ की
गोद में था।

16 जनवरी 2018 कोचीन से चेन्नई की यात्रा के दौरान
सुबह 8.50 पर एअरपोर्ट पर

कहीं मैं निर्वस्त्र तो नहीं

सबकी नज़रें मुझे घूरती हैं,

इतने लोगों के बीच भी मैं अकेली हूँ,

वो मेरे शरीर का आँकलन करते हैं,

मेरी बनावट को मापते हैं

वस्त्र से न छुपे किसी भी पारदर्शी अंग को

वो विलासिता से देखते हैं

कहीं अन्दर चले जाना चाहते हैं,

बिना वस्त्र उतारे मेरा रोज़ बलात्कार करते हैं,

मैं किस रस्ते जाऊँ,

मैं किस दिशा जाऊँ,

कोई मुझे बताये ?

मैं किस शहर जाऊँ ?

जहाँ ये नज़रें मुझे घूरती न हों,

कोई मुझे बताये,

क्या ये समाज मेरा नहीं ?

क्या ये लोग मेरे नहीं ?

या मेरे पास जो है,

उनकी माताओं या बहनों के पास नहीं,

क्या वो अपनी माँ बहन के

शरीर को भी ऐसे ताड़ते हैं ?

क्या उनके शरीर का भी आकलन करते ?

तंग नज़रों से देखते हैं

अगर नहीं...

तो हमें क्यों ?

मैं तो कपड़े भी तंग नहीं पहनती,

तो ये मुझे भूख की नज़रों से क्यों देखते हैं ?

मैं किस भूख को पूरा कर सकती हूँ

क्या मेरा जन्म इसीलिए हुआ है ?

अब मुझे ऐसा ही लगने लगा है,
कि भरे शहर में
कहीं मैं निर्वस्त्र तो नहीं
मैं निर्वस्त्र तो नहीं।

17 नवम्बर 2015 दोपहर 1 बजे

एक लेखक

वास्तविकता के धरातल पर
जो चलता हो,
अपनी कल्पनाओं में भी
सत्यता की ही चादर ओढ़ाता हो,
धर्म जात से भी ऊपर,
स्वतंत्र,
खाभिमानी,
शब्दों की मर्यादाओं का पारखी,
ऊँच-नीच से परे,
ज्वलंत हृदय वाला,
आकांक्षाओं के पुल पर बैठने वाला,
द्वेष से अनभिज्ञ,
मातृत्व से पूजित,
विवशता को,
कष्ट को,
अनादर को,
वचनों से उलट देने वाला,
सादे काग़ज़ पर
क़लम को साथी बनाने वाला,
समाज को आइना दिखाने वाला,
एक लेखक ही होता है,
एक लेखक ही होता है।

तरकश में जिसके शब्द रूपी तीर हों,
अनेक होकर भी दुनिया का अकेला वीर हो,
शत्रुता विरोधी,
ज्ञान से ऊपर,
उदू प्रेमी,

सात्विक,
गहरे हृदय वाला,
कँटीली चोट करने वाला,
आँखों में तेज़ हो जिसके,
हर पहलू को समझने वाला,
कर्मठता में स्नातकोत्तर हो जिसका,
दही से दूध
और
शरबत से चीनी निकालने वाला,
असंभव शब्द से परे,
साहित्य का पुजारी,
प्रेम की माला जपने वाला,
सार्थकता के मंदिर में बैठने वाला,
एक लेखक ही होता है,
एक लेखक ही होता है।

अर्श से फ़र्श तक जिसकी नज़रें हों,
एतिकाफ़ में जिसकी जिज्ञासा हो,
जन्नत से ऊपर,
विनम्र,
व्यावहारिक,
हर गुण से भरा रहने वाला,
रहस्य के समुद्र में सोने वाला,
अदृश्य,
अलंकारी,
संतुष्टि का प्रसाद चखने वाला,
उपहास पर,
कटु वचनों पर,
कुफ़्र पर,
मुस्कुराने वाला,
हर क्षेत्र का पारखी,

कला-विज्ञान की आत्मा से बना,
एक लेखक ही होता है,
एक लेखक ही होता है।

30 दिसम्बर 2016 रात्रि 3.30 पर

मुझे एक मुल्क चाहिए

मुझे एक मुल्क चाहिए,
सिले हुए होठों को,
बोलने का अधिकार चाहिए,
जीने का,
समझने का,
अपनी ज़िन्दगी ख़ुद से,
व्यवस्थित करने का,
मार्ग चाहिए,
मुझे एक मुल्क चाहिए,
जहाँ आज़ादी-आज़ादी की रट नहीं,
आज़ादी का प्रस्तुतिकरण हो,

सड़े जुराब सी बदबू करती,
मानसिकता से निजात चाहिए,
मुझे एक मुल्क चाहिए,
ज्ञान को प्रोत्साहन,
युवा देश को,
युवा नेतृत्व चाहिए,
अभद्र एवम भद्दे नेताओं से,
अलगाव चाहिए,
गहरी खाई में गिरते देश को,
बचाने वाला चाहिए,
मुझे एक मुल्क चाहिए,
मुझे अच्छी नींद,
शांत मन,

चैन-सुकून,
स्वच्छ समाज,

स्वस्थ सोच,
नैतिकता की इमारत,
अस्तित्व की पहचान,
वक़्त से पहचान,
सरहदों का मिलन,
एकता और सद्भाव चाहिए,
मुझे एक मुल्क चाहिए।

14 अगस्त 2017 रात्रि 11 बजे
चेन्नई से मुंबई की हवाई यात्रा के दौरान

मेरे चर्चे

मेरे चर्चे आम होने लगे,
मैं भला हूँ या बुरा हूँ,
ये बताने के लिए।
जो लोग मुझे,
नफ़रत से देखा करते थे,
मुझे मिटाने के लिए।
आज आसमान से,
बादल हट गया है,
उन्हें उनकी असलियत दिखाने के लिए।
मेरे चर्चे आम होने लगे,
मैं भला हूँ या बुरा हूँ
ये बताने के लिए।
दक़ियानूसी विचार रूपी तलवार से
मेरी गर्दन,
कई बार काटी गयी,
मुझे बेरंग करने के लिए।
पर वक़्त ने दस सर दिए थे मुझे,
वास्तविकता जताने के लिए।
मेरे चर्चे आम होने लगे,
मैं भला हूँ या बुरा हूँ,
ये बताने के लिए।
मंज़िल तो हर किसी की तय है,
बेतुकी बात बताने के लिए,
पर मंज़िल से दो क़दम,
आगे चल के देखो,
कुरूपता की चादर उठाने के लिए।
हो सकता है,
तुम समझ न सको मेरे शब्दों को,

 कहीं मैं निर्वस्त्र तो नहीं / यतीन्द्र मंजू पाण्डेय

पर है ये,
तुम्हें कलंकित करने के लिए।
मेरे चर्चे आम होने लगे,
मैं भला हूँ या बुरा हूँ,
ये बताने के लिए।

21 सितम्बर 2017 समय 10.52 पर

विकलांग

वो अपने पैरों से चल नहीं पाता,
वो दौड़ नहीं सकता,
वो अधीर है,
क्योंकि,
वो विकलांग है,
लोग उसे दया की दृष्टि से,
तो कभी घिन से देखते हैं,
वो शारीरिक बनावट में,
हमारे जैसा नहीं,
आख़िर मैं कितनी देर उसे देख पाता,
समझ पाता,
पर मेरा ज़ेहन,
मुझसे प्रश्न पूछता है...
क्या शारीरिक बनावट ही,
शोभनीयता की प्रतीक है ?
क्या ये मांस का ढाँचा ही सब कुछ है ?
मेरी और सभी की पहचान,
क्या इसी ढाँचे से है ?
मैं तो बस हँस कर रह जाता हूँ,
ख़ुद पर, ये सोचकर,
कि शारीरिक विकलांगता तो,
एक पहलू मात्र है,
हम तो मानसिक विकलांग हैं
हाँ,
सही सुना
मानसिक विकलांग।

14 जनवरी 2018 केरल में रात्रि 1.25 पर होटल रूम में

वो बचपन की यादें

वो मुस्कुराती बातें,
वो हमारी छोटी छोटी क्रीड़ायें,
गिट्टियों से ज़मीं,
को सजा देना,
अपनी उँगलियों से,
इमारत बना देना,
अपने खेल के रंगों से,
दीवारों को रंगीन कर देना,
अपनी आवाज़ों से,
फ़िज़ाओं में,
कम्पन पैदा कर देना,
क्षण भर में रूठना,
फिर मान जाना,
कितना मनमोहक सा था,
पुनरावृत्ति तो है,
असम्भव अब,
पर फ़िज़ाओं में,
घुली वो बातें,
एक नए जीवन का,
सृजन करा जाती हैं,
आज भी
आज भी

21 मई 2003 को रात्रि 12.05 पर

एक और पाकिस्तान निकलेगा

नफ़रत का एक और ताज़िया निकलेगा,
जगह-जगह आग और दंगों का गहना सजेगा,
स्त्री अभी भी लुटी है, तब भी लुटेगी,
इंसानियत अभी भी मरी है, तब भी मरेगी,
सच्चाई से तब सबका सामना होगा,
इसी देश से,
जब एक और पाकिस्तान निकलेगा।
आँसुओं की बस्तियाँ बनेंगी,
रात भी धू-धू कर जलेगी,
दफ़नाने को भी जगह कम पड़ेगी,
शरीर पर तब
एक भी लिबास न होगा,
इसी देश से,
जब एक और पाकिस्तान निकलेगा।
एक रोटी यहाँ भी कच्ची सिकेगी,
एक रोटी वहाँ भी कच्ची होगी,
शमशान भी मातम में होंगे,
और क़ब्रिस्तान भी,
तब नन्हे हाथों खिलौना नहीं
भीख का कटोरा होगा,
इसी देश से,
जब एक और पाकिस्तान निकलेगा।
देश की राजनीति धराशायी होगी,
रेल की पटरियाँ लाल होंगी,
बोगियों में बस लाशें होंगी
एक ट्रेन एक नए देश को जा रही होगी,
कुछ बौखलाए लोग

ख़ुद के परिजनों को खोज रहे होंगे,
नंगी तलवारें,
क़त्लेआम,
नरसंहार होगा,
जब इस देश से
एक और पाकिस्तान निकलेगा।

11 दिसम्बर 2016 रात्रि 1 बजे

मेरी दुआ

जब-जब मेरा हाथ उठता है,
तेरे लिए ही दुआ करता है,
सोच से,
समझ से,
इत्मीनान से,
तेरे लिए,
प्रेम की माला बुनता है,
हैरान नहीं,
सुलझा मन है मेरा,
विषमताओं की दुकान पर,
दिन भर बैठा रहता है,
चाक से नहीं,
क़लम से नहीं,
अपनी मोहब्बत से तेरा नाम लिखता है,
जब-जब मेरा हाथ उठता है,
तेरे लिए ही दुआ करता है।

1 फ़रवरी 2001 रात्रि 11 बजे

एक भिखारी

आज देखा मैंने एक भिखारी,
हाँ,
आज ही,
अपनी इन्हीं आँखों से,
धूमिल,
फटेहाल,
हाथ फैलाकर माँगता,
कुछ रुपये,
दूर जाती अपनी बच्ची को,
पास बुलाता हर समय,
मेरा हृदय उद्वेलित था,
संशय में था,
यदि माँग से वो भिखारी है,
तो हम उससे बड़े
भिखारी हैं,
यदि पैसे के लिए वो
भिखारी है,
तो हम उससे बड़े
भिखारी हैं,
अब मैं मुस्कुरा उठा,
अब मुझे दुःख भी न था,
वो मुझसे अलग न था,
मुझे लगा मेरा संगी वहाँ बैठा है,
हाँ मेरा ही संगी,
क्योंकि,
मैं भी एक भिखारी था।

12 दिसम्बर 2017 रात 11 बजे दिल्ली से चेन्नई की यात्रा

सात अरब विचार

जब चलते-चलते
मेरी क़लम रुक जाती है
तब इन विचारों की लड़ाई में
 कश्मकश की
जीत हो जाती है
तभी ज़िन्दगी की
एक सूक्ति भी समझ आती है
दो लोगों के मतभेद में
जीत तीसरे की होती है
बस आज विचारों ने
लोगों की जगह ले रखी है
गर मैं ये कह दूँ तो
कोई अपनी अवहेलना न समझना,
सड़क पर इंसान नहीं
विचार चल रहा है,
सात अरब विचारों से भरा हमारा संसार है,
पर फिर भी सत्यता से अनभिज्ञ।

1 फ़रवरी 2001 रात्रि 11 बजे

वार्तालाप 'लज्जा' के साथ

लज्जा.....
मुझे लज्जा आती है आज ख़ुद पे
मेरी जगह आँखों में थी
पर निकाल फेंका सबने
श्रृंगार थी
गहना थी
स्त्री का
पर मेरा बहिष्कार हो गया
क्या लज्जा होना कमी बन गयी है
एक चरित्र की ?

मैं......
तुम्हारी विवेचना ग़लत है
तुम तब भी स्त्री का श्रृंगार थी
और आज भी हो
वक़्त बदला ज़रूर है
पर लज्जा आँखों से गयी नहीं है
हो सकता है तुम्हारी सीमितता में कमी आयी हो
पर बुनियाद आज भी वही है।

लज्जा........
मैं ये बात कैसे समझूँ?
मेरा त्याग पूर्णतः झलक रहा है
तुम मेरा दिल रखने के लिए ये सब मत कहो
हर जगह देखो नुमाइश है
जिस्म के बाज़ार सजे है
नग्नता अपने चरम पर है
रिश्तों का विखंडन है

अगर मैं उन आँखों में होती
तो क्या ये संभव हो पाता ?

मैं......
अगर तुम उन आँखों में होती
तो उनका विकास भी न हो पाता
वो ख़ुद के लिए
आवाज़ न उठा पातीं
वर्षों से तुमने उन्हें पंगुता और विकलांगता ही सिखाई है
अपने नाम पर उनका शोषण करवाया है
ग़ुलामी का न जाने कितना बड़ा फ़ासला तय किया है
और आज जब वो कामयाबी पर है
ख़ुद के लिए बोल रही है
ख़ुद के लिए जी रही है
तो तुम्हें नग्नता और अश्लीलता दिख रही है
लज्जा, तू उस राजा की तरह है
जो कमज़ोर जनता पर राज्य करना जानता है
और जब आज तुम्हारा राज्य तुमसे छिन रहा है
तो तुम घबरा रही हो
सच कहूँ तो तुम दोगली हो
क्यों नहीं तुम पुरुषों का गहना बनती ?
क्या उन्हें तुम्हारी ज़रूरत नहीं ?
या तुम उनसे डरती हो ?
अगर तुम पुरुषों की आँखों में होती
तो तुम्हारी जगह सर्वथा विकसित होती
और हर वर्ग प्रसन्न रहता ।

लज्जा.....
सच है, उत्तम हैं विचार तुम्हारे
पर ये सलूक मैंने नहीं बनाया
इतिहास और प्राचीनता से ये चल रहा है

स्त्री ही लज्जा रखने की पात्र है
वही मेरी तिजोरी है
वही मेरा संरक्षण करने वाली
उसे ही मुझे सँभालना होगा
और तुम मुझे दोगला कह सकते हो, पर सत्य यही है
अपना गहना कौन खोना चाहता है ?
क्या कोई अपनी सम्पत्ति का त्याग कर सकता है ?
तो मेरा क्यों ?
मैं भी उनका गहना थी, संपत्ति थी।

मैं..........
अगर दुर्योधन को लज्जा नहीं होती तो वे
अपनी माँ के पास नग्न चले जाते और
अपने पूरे शरीर को लोहे-सा मज़बूत बना लेते
पर लज्जावश उन्होंने अपनी कमर ढकी थी
और वही उनके अंत का कारण बनी
तात्पर्य बस इतना है कि तू पुरुष की आँखों में भी है
बस तेरा वहाँ वर्चस्व नहीं
तू सिर्फ एक स्त्री की सम्पत्ति नहीं, सर्वथा मानव जाति की है
परन्तु अगर तुझे अपनाने में इंसानी प्रगति रुकती है
शोषण बढ़ता है
तो तेरा परित्याग उचित है
तेरा परित्याग ही उचित है।

'लज्जा' मौन थी।

22 जनवरी 2015 रात्रि 2.15 पर

लेखक वार्तालाप 'शब्दों' के साथ

ये काग़ज़ ये क़लम
मेरे दिल का हाल
बयां कर जाते हैं
ये अल्फ़ाज़ हैं दिल के
जो पन्नों को
शब्दों से सजा जाते हैं
ख़ुशनसीब हैं वो शख़्स
जो मेरा हाल समझ जाते हैं
नहीं समझ पायें
तो हम एक और
कविता लिख जाते हैं
ये काग़ज़ ये क़लम
मेरे दिल का हाल
बयां कर जाते हैं
मेरे ख़्वाबों में
बस मोहब्बत के ही गीत
बन पाते हैं
इनसे ऊपर उठने की
मैंने बहुत कोशिश की
पर क्या करूँ ?
ये मुझे बार बार
अपनी ओर खींच ले जाते हैं
ये काग़ज़ ये क़लम
मेरे दिल का हाल
बयां कर जाते हैं
रात हो या हो दिन
मुझसे कुछ न कुछ लिखवाते हैं

कहीं कोई लेखक न बन जाऊँ
मैं इनके साथ
क्योंकि रात के सपनों में भी
मुझे ग़ालिब ही नज़र आते हैं
ये काग़ज़ ये क़लम
मेरे दिल का हाल बयां
कर जाते हैं
अगर ज़रूरत हो मलहम की
तो स्याही थमाते हैं
हर शब्द को मैं अपनी
दास्तां समझता हूँ
अब तो ख़ुदा ही बताये
ये शब्द मुझे मोहरे की तरह
क्यों नचाते हैं ?

शब्द -
मोहरों की तरह हम नचाते हैं आपको
या फिर आप हमें
उठाकर काग़ज़ क़लम
बना देते हैं शब्दों के मैख़ाने
इस तरह तो कोई पिरोता भी नहीं
मोतियों की माला
जैसा आप शब्दों का
साज बना जाते हैं
कुछ हुनर तो ज़रूर है आपमें
वर्ना हर पग पर हम
आपके साथ खड़े नहीं हो पाते।

लेखक -
समझ गया अहसास तुम्हारे
अब कभी न कुछ कह पाऊँगा

बना के तुम्हें अपनी ताक़त
एक से एक नयी रचना कर जाऊँगा
रुक गयी यदि क़लम मेरी कभी
तो तुमसे ही साथ निभाऊँगा
काग़ज़ क़लम के माध्यम से
तुम्हें नयी दिशा दिखलाऊँगा
राह में मिले यदि दर्द मुझे तो
मरहम कभी न माँगूँगा
सिर्फ तुम शब्दों की बिना पर
अपना दर्द मिटाऊँगा
गर होगा मुझमें
तनिक भी हुनर
हर प्रयास कर दिखलाऊँगा
तुम शब्दों को जोड़ जोड़कर
रचनाओं का शीश उठाऊँगा
इतना है अहसान तुम्हारा
इसे कभी न चुका पाऊँगा
अपने जीवन की अंतिम साँस तक
तुम्हारी सेवा
करता जाऊँगा।

शब्द -
करते हैं
आप इतना आदर हमारा
आज हम ये समझ पाये हैं
हर शब्द आपका आभारी होगा
ये वादा हम आपसे करते हैं
इस ओर घुमायें या उस ओर
हम, सब के लिए तैयार हैं
इतना प्यार करेंगे गर हमसे
तो हम मोहरे बनने के लिए भी तैयार हैं।

लेखक -

शब्दों की इन बातों को सुनकर

लेखक को जो सुकून मिला

अब ज़िन्दगी को रचनाओं में पिरोना

ही मेरा लक्ष्य हुआ

छोड़ जाऊँ सबकुछ

इन शब्दों के लिए

इतना प्यार ये मुझसे करते हैं

हर राह में मेरा साथ देकर

मुझे अपना सब कुछ समझते हैं

ऐसे शब्दों को

लेखक शत शत प्रणाम करते हैं।

2 जनवरी 1998 को रात्रि 3 बजे

वार्तालाप 'ज़रूरत' के साथ

अकेले बैठे-बैठे
जब ऊब गया ज़िन्दगी से
तो ज़रूरत हुई
एक क़लम
एक का़ग़ज की
मैंने 'ज़रूरत' से विनती की
कि मुझे उसके सम्मान में
कुछ कहने दे..
मुझे वो रोका-टोका
और ख़ुद कहने लगा...

ज़रूरत -
हाँ..
मुझे अभिमान है
ख़ुद पर
क्यूँकि एक मैं ही हूँ
जो मानव की ज़िन्दगी पर
हर पल हावी हूँ
हर किसी को कुछ न कुछ 'ज़रूरत' है,
किसी को पैसे की
किसी को वासना की
किसी को प्रेम की
किसी को द्वेष की
किसी को सत्य की
किसी को ज्ञान की
किसी को यश की
किसी को मोक्ष की
किसी को लक्ष्य की

किसी को साथ की
हर कोई 'जरूरत' से घिरा है
हर क़दम पर मैं हूँ
हर इंसान में मैं हूँ
मेरे बिना कल्पना नहीं इनकी
ये तुच्छ मानव मुझे कभी छोड़ भी नहीं सकते
एक दिन मैं,
इन पर इतना हावी हो जाता हूँ
कि ये उसे पूरा न कर पाने पर
ईश्वर को पुकारते हैं
मैं वहाँ भी इनकी 'ज़रूरत' बनता हूँ,
दर्द में दवा या दुआ की ज़रूरत
सत्य तो ये है,
इनकी प्रार्थना भी मुझसे ही है
मेरा अंत कभी नहीं
हर पल मेरी शुरूआत है
मैं महान हूँ
क्योंकि मैं ज़रूरत हूँ
मैं महान हूँ
मैं ज़रूरत जो हूँ
और तू क्या मुझसे वार्ता करेगा?
तेरा स्तर क्या है?
तेरे पास क्या है?
कितनों को तेरी चाहत है
एक, दो, दस हजार,
पर मेरे लिए ये पूरा जहान है
मानव से पशु पक्षी तक
हर किसी में मैं हूँ
कोई मुझे छू नहीं सकता
बदल नहीं सकता
और ये कोरी कल्पना नहीं मेरी

घमंड है मेरा
मैं महान हूँ
मैं ज़रूरत हूँ।

'मैं' -

मान लिया तू महान है
मान लिया तुझे अभिमान है
मान लिया मानव तुच्छ है
मान लिया मुझे भी तेरी ज़रूरत है
मान लिया तू ही तू है
सर्वत्र विश्व में
मान लिया तेरे चलते ही विनाश हो रहा है
मान लिया तेरे होने से
इंसान, इंसान का नहीं
मांस के लोथड़े
रक्त की नदियाँ बह रही हैं
भड़क रही है आग, दंगे, हिंसा
आज तेरे ही कारण
मरी हुए लाश पर भी ज़िन्दगी की रेखा है
और तू कहता है
तू महान है
तू अनंत है
तू 'ज़रूरत' जो है
मान लिया तू महान है,
बस एक प्रश्न का जवाब दे दे,
तू सीमित क्यों नहीं?

'ज़रूरत' -

समझा....
तू मुझे धिक्कार रहा है
तू मेरा अपमान कर रहा है

पर कोई बात नहीं
यहाँ पर भी मेरा ही तो राज है
और मैं राजा
हर राजा अपने राज्य को बढ़ाता है
सीमित को असीमित करता है
एक को दस और दस को हज़ार करता है
तो मैं क्यों नहीं?
और तू किस मानव की बात कर रहा है?
जो ख़ुद का नहीं वो दूसरे का क्या होगा?
जो ये मान नहीं रहा
की हर जिस्म में
रक्त का रंग एक है
हर धर्म की बुनियाद एक है
वो मुझे क्या समझेगा
कम से कम पशुओं ने मुझे सही राह दे रखी है
पर तुम मानव तो
उनसे भी तुच्छ और निकृष्ट हो
तुमने तो मुझे अपना पूरा राज्य ही दे रखा है
तो मैं विजय पताका क्यों न फहराऊँ?
जिसे तुमने ही पैदा किया
पाला पोसा और
बड़ा किया,
तो मुझसे डर कैसा?
मैं महान हूँ
क्योंकि मैं ज़रूरत हूँ।

मैं मौन था

21 फ़रवरी 2017 प्रात : 6 बजे

जब व्यथित हो गयी मिथ्या

निराश था इन्सान अपने हाथों
अपने कर्मों से
अपने अवसाद से
रोता था
बिलखता था
हर जगह प्रसन्नता ढूँढ़ता था
मैखाने में अपने कलंक धोता था
फिर उसने सत्य का अपमान करना सीखा
झूठ फ़रेब और मक्कारी के मुखौटे पहन लिये
और मिथ्या को अपना हथियार और हमदर्द बना लिया
पर मिथ्या व्यथित थी
वो क्या चाहती थी?
कभी किसी ने नहीं जाना

'मिथ्या'
आज हूँ मैं सबकी ज़ुबां पर
पर व्यवस्थित नहीं
आज विजय पताका मेरी है
पर मैं अपमानित हुई
आज नरक को पृथ्वी पर फैलाया है मैंने
आज पापियों को चैन से सुलाया है मैंने
आज अभिमान अपनी मर्यादा लाँघ चुका है
पर ये विजय मेरी होकर भी मेरी नहीं

आज कर ली है
अपने हाथों कर ली अपनी हत्या
आज व्यथित हो गयी 'मिथ्या'।

तोड़ दी है मैंने सारी मर्यादायें
सारी सीमाएँ
मेरा लक्ष्य सत्य का आधार बनना था
उसको विजय का रास्ता दिखाना था
पर मानव ने मुझे ऐसा गले लगाया
अपना सहयोगी बनाया
सात जन्मों तक साथ रहने का
वादा भी करवाया
मेरे हाथों की कठपुतली हुए सारे
अपनी ही ज़िन्दगी में बिक गए सारे
फैल गयी है अव्यवस्था
अपने हाथों कर ली अपनी हत्या
आज व्यथित हो गयी 'मिथ्या'।

3 जुलाई 2009 को नौ बजे

पहल कौन करे

बेतरतीब से रौंद दी गयी वो ज़िन्दगी,
जहाँ मुस्कुराने की लौ थी,
हादसों से तौल दी गयी आज ज़मीं,
जहाँ किलकारियों की गूँज थी,
तवज्जो नहीं देते हम इन बातों को,
गर आज ज़िन्दगी मेरी नहीं बचती,
होशियार हैं हम,
होनहार हैं हम,
आकांक्षाओं से ऊपर उड़ने को तैयार भी हैं हम,
पर मृत्यु को विस्तारित नहीं कर पाते हम,
मासूमियत अठखेलियाँ खेलती रही,
और वो ख़ून की नदियाँ बहाते रहे,
हम इसे ख़बर बनाते रहे,
पर मृत्यु को विस्तारित नहीं कर पाते हम,
उन आँखों से बहते आँसुओं को तौल के देखो,
ऊँचा उड़ने से पहले आधार तो देखो,
अरे! उद्दू
के ख़ौफ़ से कब तक भागोगे,
आज तलवार उठा के तो देखो,
 जब-जब ज़ुल्म ने अपनी डाल फैलाई,
किसी न किसी माली ने आकर उसकी छाँट लगाई,
आज हमें वो माली बनना है,
हादसों की तौल को कम कर,
ख़ुशियों का आधिपत्य जमाना है
रंग-बिरंगे सपनों को,
स्वाभिमान के पंख लगाना है,
तब मृत्यु विस्तारित होगी,
जब ज़िन्दगी की उम्र पूरी होगी,

पर प्रश्न आज भी वही है,
कि पहल कौन करे,
पहल कौन करे?

8 सितम्बर 2007 रात्रि 11 बजे

अब कुछ नहीं बचा ज़माने में

भटकता रहता है,
ये ज़माना,
क्योंकि उसे नहीं पता,
उसे कहाँ है जाना,
समुद्र की गहराई में,
या बादल की ऊँचाई में,
बहती हुई हवाओं में,
या सूनी इन फ़िज़ाओं में,
नीरस सी इस दुनिया में,
या दर्द से भरी अपनी कुटिया में,
पंछियों के उस समूह में,
या ज़ख़्मों से बहते लहू में,
पेड़ों के उन झुरमुट में,
या तपते हुए सूरज में,
जगमगाते हुए तारों में,
या बिलखते हुए नज़ारों में,
सोई हुई इन दिशाओं में,
या रोई हुई उन फ़िज़ाओं में,
मुरझाए हुए फूलों में,
या हारे हुए उसूलों में,
शराब के मैखाने में,
या जलते हुए ज़माने में,
पल पल भटकता रह जायेगा,
अपने ही पैमाने में,
क्यूँकि उसे है पता,
कि अब कुछ नहीं बचा ज़माने में।

11 दिसम्बर 2002 रात्रि 10.16 पर

सहूलियत

भाँति-भाँति के लोग हैं

पृथक पृथक उनकी सहूलियत

कहीं धूल मिट्टी की चादरें हैं,

तो कहीं मख़मली गद्दों के बिस्तर,

कहीं धूप में जलते शरीर की नुमाइश है,

कहीं सिल्क में लिपटे गोरे बदन की नज़ाकत,

कहीं बुढ़ापे का टूटता मंज़र है,

तो कहीं मौत को मुँह चिढ़ाती हुई सूरत,

सोते-सोते से लोग हैं

ख़त्म हुई इंसानियत,

अब सोचने का फायदा क्या?

जब मर गयी सहूलियत,

जब मर गयी सहूलियत।

28 जुलाई 2005 रात्रि 9.45 पर

अब तो उठो

चलो उठो!
खड़े हो जाओ,
आओ बाहर तो आओ,
छुपे क्यों हो?
देखो सवेरा तुम्हें बुला रहा है,
अरे कब तक?
कब तक?
दुनिया की बेबुनियाद बातों में,
फँसे रहोगे,
चलो उठो,
आँखें खोलो,
उस प्रकाश की मर्यादा को
तो देखो,
कब तक तुम यूँ ही पड़े रहोगे,
अंतर्मन में लड़ते रहोगे,
अभी तो दौर आया है,
उठने का,
बाज़ार मे खड़े होकर,
खुद का मोल बढ़ाने का,
ज़ख़्मों पर मरहम लगाने का,
नया रस्ता और आयाम बनाने का,
एक नए राष्ट्र के निर्माण का,
चलो उठो,
अब तो उठो!

21 फ़रवरी 2017 प्रात: 6 बजे

जाति के मतभेद

अरे,
कब तक जियोगे जाति के मतभेद में,
अब तो जीना सीख लो इस नए परिवेश में,
चमार को चमार कहकर,
ब्राह्मण ऊँचा नहीं हो सकता,
ऊँचा तो वो होता है,
जो सबको गले से लगाये,
छोटी जाति का टीका देकर,
कोई क्षत्रिय नहीं हो सकता,
क्षत्रिय तो वो है,
जो मानसिकता ऊँची उठाये,
परिवर्तन दुनिया की रीति है,
मैं नहीं,
गीता ऐसा कहती है,
और कहने वाला यादव था,
तो ब्राह्मण के कान में क्यों नहीं गुँजती है ?
क्या ईश्वर की जात पूछकर उसकी पूजा करते हो ?
तो इंसानों को जात के तराज़ू पे क्यों तोलते हो ?
इस प्रकृति,
हवा,
सूरज,
चाँद,
रात,
मौसम को,
जाति में क्यों नहीं बाट देते हो,
ब्राह्मण की हवा,
क्षत्रिय का सूरज,
क्या कर सकता है कोई ऐसा ?

दूध में घुल गयी चीनी को निकालने जैसा,
अरे!
 द्वेष-अहंकार त्याग दो,
नए परिवेश को अपना लो,
जाति की बातों से विरक्त होकर,
इंसानियत को गले लगा लो।

रजाई के साथ

ठंडी ठंडी सी है रात,

बंद है झींगुरों तक की आवाज़,

कोई नहीं दिखता यहाँ,

क्या छुपा छुपी खेल रहे सब मेरे साथ,

ये कहकर एक कली झल्लाई,

पूछी चिल्लाकर ठण्ड है बहुत,

कहाँ है मेरी रजाई?

उसके चिल्लाने से जो हुई आवाज़,

रात के सन्नाटे में,

दब रही थी उसकी बात

पर पत्तों को ये हुआ अहसास,

कि कली की ज़िम्मेदारी

तो है उनके पास,

पत्तों ने तब कली तक ये बात पहुँचाई

हमें बना लो अपनी रजाई,

अब आराम से सोकर,

ले लो मीठी अँगड़ाई,

कली ने मान ली पत्तों की बात,

रूठी थी,

मान गयी,

सो गयी,

अपनी रजाई के साथ।

2 जनवरी 1995 को

मेरा मैखाना

एक शायरी का घर बन गया
मेरा मैखाना
फिर आशिक़ों का दर्द बन गया
मेरा मैखाना

रोते तो वहाँ सभी थे,
पर अश्क नहीं बहते थे,
रोते तो वहाँ सभी थे,
पर अश्क नहीं बहते थे,
इसलिए मोहब्बत पर कर्ज़ बन गया
मेरा मैखाना

दिलों के दर्द से सजा था
मेरा मैखाना
आशिक़ों के कष्टों से महका था
मेरा मैखाना

ग़म तो बहुत थे
पर नशे में भूल गए थे,
ग़म तो बहुत थे
पर नशे में भूल गए थे,
इसलिए नशे को नफ़रत नहीं
समझता था
मेरा मैखाना।

4 मार्च 1997 को

महके ज़माना

कुछ रोज़ मेरे दिल पे
ग़म की बरसात हुई थी
रोते-रोते आँखें मेरी भी
लाल हुई थीं
दर्द को था सिर्फ
धड़कनों में छिपाना
उसके आँसुओं संग,
बह जाऊँ,
तो महके ज़माना
रात रात भर साँसों की,
रफ़्तार बढ़ी थी,
बसंत के मौसम में,
ग्रीष्म की प्यास जगी थी,
बिछड़ जायेगा हमारा,
प्यार पुराना,
उसके आँसुओं संग,
बह जाऊँ,
तो महके ज़माना।

मेरे लिए आया है

सिर्फ उनकी आहट हुई थी
तो हमने दरवाज़ा खोला था
उनके अश्कों को देखकर
मेरे मन में भी सैलाब उमड़ा था
आज मैं साथ होकर भी
साथ न था
और उनके आग़ोश में
दुखों का ठहराव था
थोड़ा मैं ठहरा
गंभीर हुआ
आँखों में हलचल हुई
और मैं सोच में खो गया
क्या बदल सकता था..मैं
सोच-समझ..
या फिर ये पूरी दुनिया?
जगता रहा
अश्कों को ढूँढ़ता रहा
पर मेरी ख़्वाहिशों के दम ही निकले
अश्क रुके भी नहीं
दर्द अपनी मर्यादा लाँघकर
आगे भी बढ़ गए
पर अब क़दमों को रोकना था
दरवाज़ों को बंद करना था
अश्कों को पतवारों से ही रोकना था
अब सब मुझे ही करना था
ज़िन्दगी बदल गयी
मुस्कुराहट खिल उठी
प्रसन्नता की महक चारों तरफ उमड़ी

अब नयी ज़िन्दगी सामने थी
मेरी आँखों में
अब 'था '
'है' बन गया था
अब समर्पण का दौर आया है
सफ़ेद रंग
अब लाल हो गया है
कोई ख़ुद चल के आया है,
और मेरे लिए एक ख़ुशनुमा,
ज़िन्दगी लाया है।

2 मई 2007 दोपहर 3.45 पर

मेरी मौत

मेरी मौत इतनी ही सस्ती होगी
आँसुओं की चारों तरफ़ बस्ती होगी
चिता पर मैं
और मेरी हस्ती होगी
तसव्वुर में खोजेंगे लोग मुझे
पर मेरी मौत इतनी ही
सस्ती होगी
यादों में मेरे इतना खो जाएगी वो
दर्द में इतना डूब जाएगी वो
आँखों में हमेशा नमी ही रहेगी
पर मेरी मौत इतनी ही
सस्ती होगी
ताल्लुक़ात सबसे टूट जायेंगे
अँधेरे के दामन में हम सो जायेंगे
खून फेंकते फेफड़ों को
ये ज़मीं नमन करेगी
पर मेरी मौत इतनी ही
सस्ती होगी
इतनी ही
सस्ती होगी.....

23 नवम्बर 2006 गुरुवार रात्रि 8 बजे

मेरी नज़र

अजीब सी एक दास्तां है
मोहब्बत नहीं आसान है
कहते हैं काँटों से गुज़रना
हमारा काम है
मेरी नज़र में
मोहब्बत करने वालों की ही शान है।

सजीव सी ये दास्तां है
मोहब्बत में ही सम्मान है
कहते मोहब्बत बर्बाद करती है
मेरी नज़र में
मोहब्बत में ही रफ़्तार है।
मोहब्बत ने ओढ़ी न नक़ाब है
मोहब्बत करनी खुलेआम है
लोग कहते हैं
मोहब्बत के तमाम दुश्मन हैं
मेरी नज़र में
ये दुश्मन ही
मोहब्बत के मददगार हैं

मोहब्बत एक मीठी शराब है
इसका नशा जैसे तेज़ाब है
लोग कहते हैं
इसका नशा बड़ा ख़राब है
मेरी नज़र में
ऐसा नशा अन्य नशों से महान है

मोहब्बत की अपनी एक कहानी है

चुप रहकर करना ही इसकी निशानी है
लोग कहते हैं
इसका दर्द बड़ा मनमानी है
मेरी नज़र में
ये दर्द हर ज़ख़्म पर भारी है

19 मार्च 2002 मंगलवार सुबह 7.30 बजे

मोहब्बत एक बाज़ार बना

आतिशे उल्फ़त में तड़पकर
जब एक राहगीर चला
अपनी राहों को भी भूलकर
बस मोहब्बत का राग सुना
अपने मुश्ताक़ को देखकर
बस यही सोचने लगा
कि मोहब्बत एक बाज़ार बना
इस बाज़ार में ही तड़पकर
मोहब्बत का नाम
'कुल्फ़त' है पड़ा
पारा-पारा हो गया
इसमें हर एक आशिक़
अपनी हस्ती भी लूटा गया
क्योंकि मोहब्बत ही उसकी मालिक
इस बक़्क़ा को देखकर
कायनात ने भी कहा
कि मोहब्बत एक बाज़ार बना
इसी बाज़ार में तड़पकर
मोहब्बत का नाम
'कलक' है पड़ा

सरहद कैसे?

प्रेम के दरवाज़े पर,
तो हर कोई खड़ा होता है,
बस बाहर नहीं निकल पाता,
आज़ाद घूम नहीं पाता,
बंदिशों की इस लड़ाई में,
वो बस अकेला ही रह जाता है,
अकेला ही रह जाता है,

नींद तो करवटों की मोहताज है,
साँसों की,
सपनों की,
पर हम तो जागकर भी नींद में हैं,
धर्म की पूजा नहीं,
अवेहलना की है बस,
धर्म बटवारा नहीं,
प्रेम माँगता है,
सच जानता है,
एक ही ख़ून से सींचा जाता है,
तो फिर ये रोड़े कैसे?
दीवार कैसी?
सरहद कैसे?

एक ही ईश्वर

बेशक मैं हिन्दू हूँ
मंदिर जाता हूँ
पर मस्जिद पे भी,
अपना शीश झुकाता हूँ
बेशक मैं हिन्दू हूँ
हिंदुत्व में जन्म लिया है
गुरुद्वारे और चर्च में भी
ईश्वर को ही तलाशता हूँ
ये मेरा हर धर्म में विश्वास,
या आस्था ही नहीं,
दरअसल
मैं एक ही ईश्वर में
मानता हूँ
एक ही ईश्वर

कंधे चार ही मिलते हैं

मृत्यु किसी भी धर्म में हो,
कंधे चार ही मिलते हैं,
फिर ज़िंदगी की जद्दोजहद से,
हम क्यूँ लड़ते रहते हैं?
ख़ून तो तेरा भी लाल है,
मेरा भी,
रात तेरी भी काली है,
मेरी भी
तू भी इसी भूमंडल की वायु में जीता है,
मैं भी,
तो इस देश के साथ छल क्यूँ करता है?
ये देश तेरा भी है,
मेरा भी,
तो इन बेकार के विचारों में,
हम ख़ुद को क्यूँ ढकेलते हैं?
मृत्यु किसी भी धर्म में हो,
कंधे चार ही मिलते हैं,
चार ही मिलते हैं।

आज मेरा जन्मदिन है

आज मेरा जन्मदिन है,
पर,
मैं ख़ुश नहीं।
है मेरी अट्ठाईसवीं वर्षगाँठ,
पर मैं ख़ुश नहीं।
यतींद्र....
बोझिल है विचारों से,
असंतुलन से,
द्रवित हैं,
कुरूपता से,
जानकर भी,
अनभिज्ञ हैं,
वास्तविकता से।
मैं ख़ुश क्यूँ नहीं हूँ?
मैं ख़ुश क्यूँ नहीं हूँ?
एक ही प्रश्न नहीं ये,
अनगिनत बातें हैं।
कुछ कहने को,
हर पल,
शब्द
मुझे तलाशते हैं।
पर अब मेरी
रूह भी मुझसे बातें करती नहीं,
सहमी सहमी सी
इधर-उधर
मँडराती है।
कहीं कुछ,
व्याख्यायित करने को न कह दूँ,

शायद,
इसी असमंजस में,
रहती है।
मेरी कही वैचारिक बातों को
सुनकर भी,
अनदेखा करती है।
अब तो मेरी रूह भी
मुझे हँसता नहीं देख पाती है।
आज मेरा जन्मदिन है,
पर मैं ख़ुश नहीं,
मेरी ज़िंदगी किसी,
रहस्यमयी किताब से कम नहीं
टूटकर गिरता
आसमान से वो तारा,
एक फ़रियाद लाता है,
बहुत ऊपर जाने पर,
गिरने का डर है,
ये बात समझता है।
विषमता की मेरी ये दुकान,
हर पल खुली नहीं रहती,
यतींद्र की क़लम भी,
अब माहौल और माक़ूल होने,
पर ही निकलती।
सत्य का परिचायक,
क़लम का सिपाही,
ख़ुद को कहने वाला 'मैं '
बस यही समझ नहीं पाया,
कि एक ही ज़मीन,
एक ही आसमान,
इतने टुकड़ों में क्यूँ?
एक रक्त

एक ही रंग,
अनावश्यक बहतें क्यूँ?
जिस दिन ये गोपनीयता,
हर चरित्र समझ जाएगा,
उस दिन, वो पल यतींद्र और उसकी
रूह की दूरियाँ घटा जायेगा।
पर अभी
मेरा रक्त तो काला ही है शायद,
इसलिए मैं संतुष्ट नहीं,
आज मेरा जन्मदिन है,
पर
मैं ख़ुश नहीं।
है मेरी अट्ठाईसवीं वर्षगाँठ,
पर मैं ख़ुश नहीं।

यतींद्र!
आज मेरा जन्मदिन है।

21 फरवरी 2017 को
अपने जन्मदिन से एक दिन पहले, रात्रि 11 बजे

सुनो! देखो, बस झूठ मत कहना

सुनो!
बस झूठ न कहना...
बता दो,
आज भी खड़े होकर मुँडेर पर,
याद करते हो ना मुझे
मेरे आ जाने की ताक में रहते हो न।
बता दो,
आज भी उस पुराने बंद नम्बर पर कॉल
करते हो न,
आज भी मेरी वो शर्ट,
जो तुम्हारे पास रह गयी थी
उसे बाँहों में समेटकर सोते हो न।
बता दो,
सुनो, बस झूठ न कहना।
बता दो
कि मेरी पसंदीदा नग़मे सुनकर..
तुम आज भी रो पड़ती हो,
मेरा ज़िक्र आ जाने पर,
किसी की ज़ुबा पर,
तुम सहम जाती हो।
बता दो,
मेरी फ़िक्र तुम्हें आज भी रातों को,
सोने नहीं देती।
मैं अब कैसा दिखता हूँ,
ये चोरी चोरी जानने की कोशिश करती हो।
बता दो,
कि तुम्हें आज भी मुझसे उतनी ही मोहब्बत है,
पर व्यर्थ की सामाजिकता ने,
तुम्हें बाँधा हुआ है।

और तुम्हारे अहसास को बेरंग कर दिया है।
बता दो,
सुनो, बस झूठ मत कहना।
बता दो
कि नीले नीले आकाश में तुम मेरी तस्वीर ढूँढ़ती हो,
बरबस ही मेरी याद आने पर हँस देती हो,
और घर वालों के पूछने पर कहती हो
कुछ नहीं बस ऐसे ही।
तुम बता क्यूँ नहीं देती?
कि मैं तुम्हारे रग-रग में बह रहा हूँ।
तुम्हारे अश्क बनकर न जाने कितनी बार
नीचे गिरा हूँ,
जिसे तुम रुमाल में सँभालकर हर बार चूम लेती हो।
बता दो
कि तुमने मेरी सारी लिखी ग़ज़लें कंठस्थ कर ली है,
और तुम उसे मुझे सुनाना चाहते हो,
बता दो
कि तुमने मेरी दी हुई,
अँगूठी आज भी हाथों में पहनी है,
और तुम उसे अपने अंग का हिस्सा मानने लगी हो।
बता दो
कि तुम आज भी वैसे ही सजती हो,
जैसे मैं तुम्हें देखना चाहता था।
बता दो
कि रातों में बेचैन होकर जब तुम उठ जाती हो,
तो मुझे अपने आस पास ढूँढ़ती हो,
और चाहती हो कि मैं आकर,
तुम्हारे माथे को चूम लूँ,
और तुम्हें अपनी बाँहों में सुला लूँ।
बता दो कि मेरी उँगलियों से,
तुम्हारे हाथों पर बनाए,

प्यार के इज़हार को तुम याद करती हो
और घंटों अपनी हथेलियों पर
ख़ुद की ही उँगलियाँ से मेरा नाम लिखती हो।
बता दो...
सुनो, बस झूठ न कहना।

मोहब्बते इश्क़ की आग तुमने ही लगाई
और तुमने ही बुझाई मेरी,
मोहब्बते इश्क़ की आग तुमने ही लगाई
और तुमने ही बुझाई मेरी।
पर झुलसती तुम रह गयीं।
झुलसती तुम रह गयीं।
बता दो
देखो बस झूठ ना कहना।

23 फरवरी 2017

एक भारतीय बनते हैं

चलो उठकर
अपनी आँखें मलतें हैं,
आओ,
धर्म जात से बढ़कर,
एक भारतीय बनते हैं,
देश में होंगे,
देश में होंगे,
कई धार्मिक विवेचनायें,
पर हम भारतीयता को ही,
अपना धर्म समझते हैं।

चलो उठकर...
किसी सैनिक के घर चलते हैं,
उसके बहते ख़ून पर,
बर्फ़ का एक टुकड़ा बनते हैं,
इतनी ख़ुशी दे दे उसे,
इतना वज़न नहीं हमारा,
पर हम सब उसका,
एक त्योहार तो सजा सकते हैं,
आओ,
धर्म जात से बढ़कर,
एक भारतीय बनते हैं।

चलो उठकर
एक किसान के घर चलते हैं,
उसकी फ़सल का एक छोटा-सा,
बीज बनते हैं,
उसके हल खींच लें,

इतनी औक़ात नहीं हमारी,
उसकी जान हिफ़ाज़त रहे,
इतना तो हम कर ही सकते हैं,
आओ,
धर्म जात से बढ़कर,
एक भारतीय बनते हैं।

चलो उठकर...
एक विकलांग के घर चलते हैं,
इस तकलीफ़ में
उसकी हिम्मत बनते हैं,
इतने जुझारू हों हम,
ये ताक़त हममें नहीं,
बस उसके चेहरे पे एक मुस्कान हो,
इतनी पहल तो हम कर सकते हैं,
आओ,
धर्म जात से बढ़कर,
एक भारतीय बनते हैं।

चलो उठकर
एक विधवा के घर चलते हैं,
उसकी ज़िंदगी के सफ़ेद रंग पर,
कुछ ख़ुशियों के रंग बिखेरते हैं,
इतनी सामाजिक अवहेलना झेल लें,
इतना धैर्य हम में नहीं,
उसे समाज में समानता मिले,
इतनी व्यवस्था तो हम कर सकते हैं,
आओ,
धर्म जात से बढ़कर,
एक भारतीय बनते हैं।

चलो उठकर
किसी निर्धन की चौखट पर चलते हैं,
उसके भूखे पेट की,
दो वक़्त की रोटी बनते हैं,
इतनी पीड़ा में भी मुस्कुरा ले,
इतना हृदय सख़्त नहीं हमारा,
कम से कम उसके घर के बच्चों की,
शिक्षा तो पूरी करवा ही सकते हैं,
आओ,
धर्म जात से बढ़कर,
एक भारतीय बनते हैं
चलो उठकर..
अपनी आँखें मलते हैं...
आओ,
धर्म जात से बढ़कर,
एक भारतीय बनते हैं।

जाहिल थी झल्ली थी

वो तंग गलियों में घूमा करती थी,
जाहिल थी
झल्ली थी
वो ठंडे पानी को भी
फूँक कर पिया करती थी
वो न जानती
रंग भेद क्या है ?
वो न जाने
स्वार्थ
और लोभ क्या है ?
अल्लाह के सितम भी
हँसकर सहती थी
जाहिल थी
झल्ली थी।

उसने दुनिया का ढाँचा नहीं देखा
उसने समाज का कोलाहल नहीं देखा
वो तो मिट्टी में
फेरी ख़ुद की उँगलियों
से बनी आकृति को
संसार समझती थी
जाहिल थी,
झल्ली थी।

रातों में तारों को गिनना,
सूरज को टकटकी लगाकर देखना,
मुट्ठी में भरी रेत को
हाथों से धीरे-धीरे गिराने को

ज़िंदगी समझती थी,
जाहिल थी,
झल्ली थी।

पर कुछ ज़रूरतमंदो को
उसकी ज़रूरत थी,
उसकी नियति
उसने ख़ुद नहीं बुनी थी,
अब वो एक गहरे दलदल का
हिस्सा थी,
और ये एक स्वप्निल समाज की
उपलब्धि थी।

वो जाहिल थी,
झल्ली थी....
वो जाहिल थी,
झल्ली थी न।

मेरा वजूद

कुछ क़दम मेरे साथ चलकर तो देखते,
मेरे जज़्बात की बारीकियों को,
समझकर तो देखते,
हो सकता है,
हो सकता है,
कुछ तस्वीरों में,
मेरे चेहरे बेमानी लगते हों,
पर कभी कोई तस्वीर मेरे दिल की,
निकालकर तो देखते,
कुछ क़दम मेरे साथ चलकर तो देखते।

बस यूँ ही कुछ बदल सा गया अब मुझमें,
बस यूँ ही कुछ संकुचित सा हो गया अब मुझमें,
बस यूँ ही सपनों का टूट जाना,
बस यूँ ही मेरे ज़ेहन का बिखर जाना,
मेरी तुझसे जुड़ी प्रार्थनाओं को,
एक पल महसूस करके तो देखते,
कुछ क़दम मेरे साथ चल कर तो देखते।

तुम्हें शीघ्रता थी,
मौला से ताल्लुक़ात बढ़ाने की,
एक हसीन लम्हों को छोड़ जाने की,
मेरी हर वीरान रातों की,
हर अकेलेपन की ज़िम्मेदार तुम हो,
मेरी ज़िन्दादिली की मौत,
मेरे अश्कों के गुनहगार तुम हो,
मेरे मोहब्बत की इमारत में रह कर तो देखते,
कुछ क़दम मेरे साथ चलकर तो देखते।

अब तू नहीं...
तो मेरा वजूद नहीं...
अब तू परमात्मा में है...
और मैं तेरी आत्मा में।

जब रिश्ते

जब रिश्ते...
विच्छेदित हो रहे हों,
निष्काम पड़ गये हों,
स्थिर हो गए हों,
सिर्फ ज्वलंत बातों का उत्पादन कर रहे हों...
जब
रिश्ते
सड़कर बास
गंध मार रहे हों
अवनति के मार्ग पर हों,
द्वेष,
शक,
नकारात्मकता बढ़ा रहे हों,
जब रिश्ते
ऊर्जा विहीन हों,
कंठ को जला रहे हों,
अश्रु बहा रहे हों,
शारीरिक प्रताड़ना,
अवहेलना,
वक्त को विनिष्ट,
उम्र को असमय बढ़ा रहे हों,
मातम की सेज सजा रहे हों,
रोज जलती चिता पर बैठा रहे हों,
मस्तक को चिन्हित
स्वेद से भिगो रहे हों,
जब रिश्ते
काली रातों को भयानक
दिल के अज़ाब को बढ़ा रहे हों,

कार्य को विकेन्द्रित कर रहे हों,

हृदय गला,

गफ़लत बढ़ा रहे हों,

जज़्बात को मलिन कर रहे हों,

जब रिश्ते

एक नष्ट पथ की तरफ अग्रसर हों।

तब प्रयासरत हों,

उठें एक निर्णय लें...

बात करें,

और ख़ुद को,

उस रिश्ते से पृथक करें,

एक रिश्ते का अंत..

न जाने कितने नकारात्मकता का अंत है।

ऐसे रिश्तों से बोझिल न हों,

डरें नहीं,

स्वयं की विशिष्टता का बोध करें,

और ऐसे रिश्ते के दरवाजों को बंद करें,

यही वैचारिकता है,

यही आज के सच की बुनियाद...

यही जीवन का अध्याय है,

आगे बढ़ते जाना,

वक़्त बिताना नहीं,

वक्त को जीना

यहीं वैचारिकता है,

यही आज के सच की बुनियाद।

काम बहुत हैं,

करना बहुत है,

न ठहरो अब दो पल भी किसी के लिए....

वक़्त रुकता नहीं,

कुछ कहता नहीं,
हमारी अधूरी ख़्वाहिशों के लिए।

आशुफ़्ता की कहानी

एक आशुफ़्ता की है कहानी ये
जो बर्फ़ पर लिखता था
नाम उसी का
बर्फ़ की चाक से
कुरेद-कुरेद कर
उसके नाम का
पहला अक्षर बन गया था
और तो और वो उसे
दुनिया से छुपाता भी था
काँच के ताले लगाकर
जो काँच की चाभियों से ही खुलते थे
एक तिजोरी भी थी उसके पास
सँभालकर रखता था सब वहाँ
रेत से बना हुआ
एक घर भी था
वहीं रहता था वो
पुश के बने थे
सोचता था
वो स्थायी है
जन्म जन्मांतर के लिए है
सब ऐसे ही रहेगा
विश्वास की बुनियाद जो थी उसके पास
मज़बूत भी थी
पर एक दिन कुछ बढ़के थे बादल
एक आकाशवाणी हुई
आशुफ़्ता डर गया
उसने विश्वास की बुनियाद और बढ़ानी चाही
पर वो रात का तूफ़ान

काफ़ी भयानक था
पुश के घर बह गए
रेत की तिजोरी ढह गयी
काँच के ताले भी बह गए
जो दुनिया से छुपाया था
वो कुरेदा नाम भी बह गया
विश्वास की बुनियाद चूर चूर हो गयी थी
बस बच गयी थीं
काँच की चाभियाँ

आशुफ़्ता ने तब लिखा.....
बेबस सी ज़िंदगी है तंज़ कसता ये जहां है
बेबस सी ज़िंदगी है तंज़ कसता ये जहां है
जिन गुलदस्तों में साथ रहते थे,
आज पिंजरा सा लगता है
आज भी सँभाल कर रखी है
वो काँच की चाभियाँ
आज भी सँभालकर रखी है
वो काँच की चाबियाँ
जिनसे अब कोई ताला नहीं खुलता है।

22 फरवरी 2018 को रात्रि 2 बजे अपने जन्मदिन पर बनारस में

असंतुलन की परिभाषा

भेड़चाल का हिस्सा बनकर,
भूल गया पैग़म्बर
तोड़ दी मैंने भी कुछ दीवारें,
दिखा कहीं न ईश्वर...
रात को छुपते देखा है मैंने,
देखकर सूरज के तेवर...
प्रकृति संतुलित न हो तो,
भारी पड़ता है सब पर...
भेड़चाल का हिस्सा बनकर,
भूल गया पैग़म्बर।

विकसित सभ्यता की मैली चादर,
पड़ी है गाँठों के बिस्तर पर...
भूलकर अल्लाह की निगेहबानी,
लूट मचा रहा वो जमकर
स्वप्न को कुंठित होते देखा है मैंने,
अपने वतन में अक्सर...
यहीं असंतुलन की परिभाषा है,
वक़्त से पहले या मृत्यु को प्राप्त कर...
भेड़चाल का हिस्सा बनकर
भूल गया पैग़म्बर।

रात या दिन?

दरवाज़े नहीं थे
पंखे लगे थे
पर बिजली कभी-कभी आती थी
जब आती तो पंखे चर-चर की आवाज़ करते
जैसे उनकी मर्ज़ी के बिना
उनसे काम कराया जा रहा हो
उसके बीच का हिस्सा तो साफ़ था
परन्तु डैने
काले जाले से
एक बंदूक़ नुमा आकृति बना रहे थे
सीमेंट दीवारों से उचर रही थी
सीलन थी
जो चस्पा हरे रंग को भी हाथ पकड़ के खींच रही थी
साफ़ दिखता था कि हरे रंग से पहले
नीले रंग का साम्राज्य था वहाँ
वो अपनी वास्तविकता दिखाने को व्याकुल था
आखिर हरे रंग का मुखौटा जो उतर रहा था
एक खिड़की भी थी
दो पल्ले की
एक उखड़ गयी थी और एक जर्जर थी
दीमक का परिवार वहाँ हँसी ख़ुशी से रह रहा था
जालों का एक बड़ा ताना-बाना भी था
पर उस जाले की मालकिन वहाँ नहीं थी
शायद वो पूरे परिवार के साथ
अपने दूसरे झाले में रहने चली गयी हो
या दीमक के परिवार से उसकी अनकही हो गयी हो
पर उसके घर में कुछ छोटे छोटे
बरसाती कीड़े फँसकर मर चुके थे

और उनके शरीर के दोहन के लिए
वहाँ कोई नहीं था
खिड़की के ही ऊपरी सिरे में
हड्डो ने भी मिट्टी के घर बनाए थे
तक़रीबन आठ छेद हैं उसमें
पर शायद अभी सब खा पी कर आराम कर रहे हैं
खिड़की के बाहर एक पेड़ भी है
नीम का
उसकी पत्तियाँ सूखकर
खिड़कियों से कमरे में आ जाती हैं
और धीरे-धीरे वहीं धूल के साथ मिलकर
अपना अस्तित्व खो देती हैं
कमरे में एक टाँड़ भी है
वहाँ किसी बच्चे ने मोम के रंग से क लिखा है
और कुछ नहीं लिखा
शायद यही सीखा था वो
दीवार पे साँई बाबा की छोटी सी फ़ोटो भी लगी है

ठीक स्विच बॉक्स के ऊपर
जिसमें से सभी स्विच बाहर मुँह लटकाये देख रहे हैं
और साँई बाबा की कृपा होने की प्रतिक्षा कर रहे हैं
कमरे की दीवारों में कई जगह हाथी घोड़े चिपके हुए हैं
जो सीलन से बैल जैसे दिख रहे है
एक बल्ब का होल्डर भी दिखता है
जो झुक कर टेढ़ा हो गया है
उसमें एक बल्ब है
बजाज सौ वाट का
एक खाट भी है
जो सिर्फ़ छूने से चिल्ला पड़ती है
जैसे किसी बुज़ुर्ग को कोई शैतान बच्चा तंग कर दे
एक घड़ी भी लगी है

उसमें
नौ बजकर सत्रह मिनट हुए हैं
रात या दिन ?

20 मार्च 2018 रात्रि 1 बजे

स्वच्छंदता

इतने रंगों की है दुनिया ये

फिर भी तरसते हम ख़ुद को ही

कैसी ये आँख-मिचौली है?

जो तलाशते हैं अपने ही रंगों को

इस भीड़ में

वो मेरे दिन, जब थी मैं

स्नातक की एक छात्रा,

वो छत पर तारों को देखना,

बादलों की आकृतियाँ बनाना,

ख़ुद को किसी भी रूप में

परिवर्तित कर लेना,

पर फिर भी खुश होना,

अकेले में ही घंटों

ख़ुद से ढेरों बौद्धिक बातें करना,

खुद की संतुष्टि से मुस्कुराना,

तब अकेले होकर भी

हम एक समूह थे,

और आज भीड़ में ख़ुद की तलाश करते हैं,

वो सम्पूर्णता जो तब थी

वो आज नहीं,

पर कोई शिकायत न थी किसी से,

और आज पुस्तक की पुस्तक लिखी जा रही है...

पर कभी तो वो आख़िरी

अध्याय आयेगा ही न

जब वही स्वच्छंदता फिर से जी उठेगी

वही स्वच्छंदता

2014, प्रीति की मदद से

आज मुर्दा हो गया

मेरी रूह का शहर
आज मुर्दा हो गया,
जिसे सुकून की नमाज़ माना,
वो उदू बन गया,
एक पाकीज़ा दिल का धड़कना,
आज बंद सा हो गया,
दो जिस्मों का एक साया,
आज बिखरकर टूट गया,
जलाकर तसल्ली ख़ुद की
अब मैं रहनुमा बन गया,
मेरी रूह का शहर,
आज मुर्दा हो गया।

अजब है ये मुल्क

अजब है ये मुल्क,
जहाँ स्त्री के अज़मत की बात नहीं...
कोचक है यहाँ मानसिकता,
जहाँ वस्त्र से उसकी पहचान बनी...
जलाल नहीं ये उसका कि वो स्त्री है,
ये तो क़ुदरत की भेंट है...
जो माँ का आँचल,
बहन का प्यार,
और पत्नी का साथ,
तेरी झोलियों में पड़ा मिला।
अब्द नहीं अबस नहीं वो,
अनंत काल का सत्य है इतना...
बिना स्त्री के सम्मान से,
बिगड़ती है सिर्फ़ समाज की संरचना।

निर्भया के जाने के बाद

मेरी आबगीना

मुझ पर पहरे न लगाओ साक़ी
पिलाते रहो,
मुझे भी कुछ भूलना है,
एक बेवफ़ा का दामन,
हाथों से छुड़ाना है,
एक रिश्ते का घमंड,
लकीरों से मिटाना है,
मुझ पर पर बस ये अहसान कर साक़ी
मेरी आबगीना भरी रहें,
मेरे रुख़सत होने से पहले,
मेरी आँखों में नमी न रहे।।

सहेजना भी तुम्हें है

रुख़ हवा का ख़राब है मगर,
भटका नहीं वो मंज़िलों से,
चार क़दम हो या चार दीवारें,
सहमा नहीं वो दरिंदों से,
मज़हबी लड़ाई का अंत बुरा ही होता है,
रोता भी इंसान है और खोता भी इंसान।
अल्लाह के नुमाइंदों,
ईश्वर के भक्तों
पालना भी तुम्हें है,
सहेजना भी तुम्हें है।

एक यतींद्र मार दिया तुमने

एक यतींद्र मार दिया तुमने,
एक सच्चे दिल का,
क़त्ल किया तुमने,
प्यार भरी धड़कनों को,
ख़ामोश किया तुमने,
रोम रोम को मेरे,
छलनी किया तुमने,
आत्मा को मेरे,
अंदर तक कचोट दिया तुमने,
एक यतींद्र मार दिया तुमने।
पर मैंने भी कर दिया,
श्राद्ध तुम्हारा आज,
न केवल तुम्हारा,
एक यतींद्र का भी
तुमसे जुड़ी हर सोच का
हर व्यवहार का,
हर तौर तरीक़ों का,
इस कलक को,
ख़ुद से काट लिया है मैंने,
एक यतींद्र मार दिया तुमने,
और
एक यतींद्र मार दिया मैंने।

हद है ये जवानी

नींद नहीं आती रातों में,
दरवाजा खोल के सोता हूँ।
हद है ये जवानी की दहलीज़,
इश्क़ में पड़कर रोता हूँ।
शाम कट जाती है बागों में,
इन्तज़ार उसी का करता हूँ।
उसकी गली में हर रोज़,
एक दीदार पाने को निकलता हूँ।
हद है ये जवानी की दहलीज़,
इश्क़ मे पड़कर रोता हूँ।
मिल जाती है नज़र कभी तो,
ख़ुशियों मे मैं झूमता हूँ।
ईश्वर को मैं भूल चूका हूँ।
बस उसको ही पूजता हूँ।,
एक दिन साथ बनेगा हमारा,
दरकार इसी की करता हूँ।
हद है ये जवानी की दहलीज़,
इश्क़ में पड़कर रोता हूँ।
इश्क़ में पड़कर रोता हूँ।

वो उसका नहीं था मेरा था

वो दरवाज़े के पीछे से कान लगाकर
हमारी बातें सुन रहा था
दरवाज़े के नोख पर मैं साफ़ साफ़
उसके नन्हें पैरों की छाया देख सकता था
उसका हृदय कितना द्रवित होगा
ये मुझसे अच्छा कौन समझ सकता था
क्यूँकि
मैं भी एक कलह से जन्मा था
मैं चाहता था कि
अब उसके आवाज़ का वेग कम हो जाये
पर वो रुक नहीं रही थी
एक ही बात बार-बार कह रही थी
मैं अब शांत था
चाहता था
वो भी हो जाये
मैंने इशारे से उसे समझाया भी
की नन्हे पैर हमारे सुध में खड़े हैं
पर इस बात से उसका वेग और बढ़ गया
और उसने वो कह दिया
जो उस नन्हे क़दम
के अस्तित्व को झकझोर गये।

17 नवम्बर 2017 चेन्नई से वाराणसी की यात्रा के दौरान
दोपहर 1 बजे

लेखनी का रंग

आजकल क़लम से लिखना कम हो गया है
तो क्या इसलिए लेखनी का रंग धूमिल हुआ है
दूर तक बेबुनियाद बातों का ताना-बाना है
दूर तक बेबुनियाद बातों का ताना-बाना है
तो क्या यही इस समाज का चेहरा बन गया है

कुछ वो चार लोग अब छह हो गए हैं
दो नए जेनरेशन के हैं डिजिटलाइज हो गए हैं
कुछ वो चार लोग अब छह हो गए हैं
दो नए जेनरेशन के है डिजिटलाइज हो गए हैं
रोज़ शाम को सवा और पौने की दुकान सजी हैं
क्यूँकि बोलने वालों के मुँह हज़ार हो गए हैं

आजकल क़लम से लिखना कम हो गया है
तो क्या इसलिए लेखनी का रंग धूमिल हुआ हैं।

18 मार्च 2018 रात्रि 3 बजे

बौनसायी होते रिश्ते

बोनसाई होते रिश्ते
क्षणभंगुर से ही दिखते हैं
एक दूसरे को इज़्ज़त दिलाने को
वो रोज़ ख़ुद से ही लड़ते हैं
एकाकी जीवन की गाथा बन गयी है ये
इसलिए आजकल रिश्ते
बोझिल से लगते हैं
बेज़ुबान होते हैं
बड़े शहरों की आपाधापी
मारा मारी
भाग-दौड़
हमें इतना तंग कर देते हैं
कि कभी-कभी
रिश्तों के मायने ही ख़त्म कर देते हैं
हम हर जगह बढ़ रहे होंगे
पर रिश्ते निभाने में घटे ही हैं
हमारे संस्कार तो ऐसे नहीं थे
पर न जाने क्यूँ
हम रिश्तों को बोनसाई कर देते हैं?

25 फरवरी 2018 को रात्रि 2 बजे

गुफ़्तगू ख़ुद से

क्यूँ रोक रहे हो ख़ुद को ?
जागना है तो जग लो
चादर कितनी भी चौड़ी हो
सिर्फ़ तन ढँकेगी
चैन की नींद नहीं देगी
ये बेमानी आवरण टूटेगा ही
और एक बेज़ुबान जहाज़ की तरह
अकेला छोड़ देगा रेत पर
जहाँ न किनारा होगा
न होगा अथाह समुद्र
पंख फैलाने को
बेबुनियाद बातों को सुनकर करवट बदल लो
रोको न ख़ुद को
जागना है तो जग लो

क्यूँ रोक रहे हो ख़ुद को ?
उड़ना है तो उड़ लो
दो दरवाज़े और भी है
देखो वहाँ से जगह बना के निकल लो
कोई किसी के लिए नहीं रुकता
कर देता है विखंडित सपनों को
बाढ़ सी आती इस भीड़ में
चीरता है सब उम्मीदों को
ये सब प्रतिद्वंद्वी है तुम्हारे
गला काट प्रतिस्पर्धा भी
पर तुम इन आचरण से दूरी बना लो
रोको न ख़ुद को
उड़ना है तो उड़ लो

जागना है तो जग लो

क्यूँ रोक रहे हो ख़ुद को ?
दौड़ना है तो दौड़ लो
ये कोई धर्मयुद्ध नहीं
कर्म युद्ध है
बातों की घिरनी है गोल गोल
जो दब जाती है मदमस्त हाथी के पैरों
तले रौंदकर
रुदन है भर भर के
आश्रित है हर द्वार पे कोई
तो तुम्हें भी क्यूँ बिलखना है
रोको न ख़ुद को
दौड़ना है तो दौड़ा
जागना है तो जाग लो
उड़ना है तो उड़ लो
क्यूँ रोक रहे हो ख़ुद को ?

19.03.2018 रात्रि 23.46 पर चेन्नई से करूर की यात्रा के दौरान

www.ingramcontent.com/pod-product-compliance
Lightning Source LLC
LaVergne TN
LVHW091549170726
843492LV00007B/2114